한국 희곡 명작선 123

밀정 리스트

한국 희곡 명작선 123

밀정 리스트

정범철

평민사

정범철

밀정 리스트

등장인물

김충옥	33세. 남. 의열단 조직원.
정설진	28세. 남. 의열단 조직원.
최태규	35세. 남. 의열단 조직원.
신화진	29세. 남. 의열단 조직원.
이명순	27세. 여. 의열단 조직원.
박경식	33세. 남. 충옥의 친구. 종로경찰서 경부보.

때

1929년

곳

경성, 의열단 은신처

1장.

경성. 의열단의 낡고 허름한 은신처. 흩어져있는 상자들. 창고로 사용하는 곳으로 보인다. 신화진, 이명순, 최태규가 누군가를 기다리고 있다.

신화진 무슨 일이 생긴 건 아니겠지?

이명순 ….

신화진 예정보다 이틀이 지났잖아. 마지막으로 전보 온 게 언제라고?

이명순 지난주에 텐진에서 보낸 전보가 마지막이에요. 사정이 생겨서 지체되는 것일 수도 있어요. 이삼일만 더 기다려보시죠.

최태규 혹시 전보 내용이 일본 놈들에게 발각된 건 아니겠지?

신화진 그렇다면 이미 종로 바닥에 순사들이 쫙 깔렸을 겁니다.

이명순 그럴 리 없어요. 전보는 암호문으로 되어있어서 절대 발각될 일 없습니다.

최태규 그럼 검문에 걸렸을 수도 있잖아. 총이랑 폭탄도 잔뜩 갖고 있을 텐데….

신화진 그럼 끝장이죠. 어쩌면 이곳을 불었을지도 모르고.

최태규 만약 그렇다면 우리도 위험할 수도 있어. 여기서 마냥 기

	다리는 게 능사는 아닌 것 같아. 흩어지자.
이명순	아니요. 충옥 동지는 절대 그럴 분이 아닙니다. 차라리 자결했으면 했지 절대로 우리를 배신할 사람이 아니에요.
최태규	알지. 충옥이를 내가 왜 모르겠어. 나와 십수 년을 호형호제하며 지낸 사이야. 하지만 일본 놈들의 고문이 점점 더 잔혹해지고 있는 마당이니 걱정이 되는 거지.
신화진	아무리 나라를 위해 혈서를 쓰고 맹세를 한 의열단 단원이라고 해도 극한의 고통을 겪게 되면….

정적.

최태규	충옥이는 그런 일이 없길 바라야지.
이명순	잠시 지체되는 것일 뿐, 반드시 돌아올 겁니다.
신화진	명순이 네가 어떻게 확신할 수 있어?
이명순	….
최태규	됐어. 우선 기다려보자.

노크 소리 들린다. 깜짝 놀라는 세 사람. 품에서 권총을 꺼내어 문 쪽으로 다가가는 화진. 태규가 고개 끄덕이자 화진이 나지막이 묻는다.

신화진	누구시오.
김충옥	(나지막이 문 너머 소리) 나 김충옥일세.

문 열리는 소리 들리고 충옥과 설진이 가방을 들고 들어온다.

신화진 오셨군요! 걱정했습니다!

최태규 충옥이! 무사히 돌아왔구만.

김충옥 형님! 좀 늦었습니다.

최태규 다행이네. 옆에 계신 분은…?

김충옥 아, 인사하십시오. 우리와 같은 의열단원 정설진 동지입니다.

정설진 안녕하십니꺼. 내는 정설진이라고 합니데이. 경성 의열단 여러분과 함께 임무를 수행하고자 내려왔지예.

신화진 고향이 경상도시구만?

정설진 예, 대구 출신입니다.

최태규 난 최태규요.

신화진 난 신화진이라고 합니다.

정설진 반갑습니데이.

김충옥 (명순을 가리키며) 이쪽은 우리 경성 의열단의 여성동지 이명순.

이명순 처음 뵙겠습니다.

최태규 자, 그럼… 무기는 어찌 되었나?

김충옥, 주위를 쓱 둘러보더니 들고 있던 가방을 테이블 위에 올려놓는다.

모두 긴장된 표정. 충옥이 가방을 열자 권총 4자루와 탄알이 무수히 보인다.

신화진 이게 모두 몇 발이나…?

김충옥 800발이 조금 넘습니다.

최태규 800발!

이명순 폭탄은요?

충옥이 설진을 바라보자 설진이 고개를 끄덕이고는 자신이 들고 있던 가방을 테이블 위에 올려놓고 열어서 보여준다. 수류탄 3개와 네모난 폭탄 1개가 보인다.

정설진 (가리키며) 여기 3놈은 소형이고 이 네모난 놈이 화력이 좀 쎈 녀석 아인교.

김충옥 건물 두 층쯤은 날려버릴 화력이죠.

최태규 해냈구만. 충옥이 자네가 해낼 줄 알았어.

김충옥 이게 다가 아닙니다.

신화진 그럼? 뭐가 또 있습니까? (설진에게 눈짓)

정설진 예.

설진, 품 안에서 서류 몇 장을 꺼내어 충옥에게 건넨다.

김충옥 (서류 건네받고 내밀며) 김원봉 단장이 주신 밀서입니다.

최태규 밀서?

이명순 (서류 받아 보며) 이건….

김충옥 군자금 모금 명부. 여기 적힌 명단대로 이 밀서를 들고 가

이명순	(서류를 훑어보며) 경성출판조합, 우진인쇄 박경식 선생, 대흥유통 마창국 회장… 항일운동을 지원하는 재산가들의 명단이네요.

이명순 (서류를 훑어보며) 경성출판조합, 우진인쇄 박경식 선생, 대흥유통 마창국 회장… 항일운동을 지원하는 재산가들의 명단이네요.

김충옥 임시정부에 군자금 모금 의사를 밝힌 인사들 스물네 명의 명단입니다. 이 명단대로 자금을 확보한다면 당분간 우리의 무력투쟁을 이어갈 수 있을 겁니다.

신화진 이 명단을 어떻게 구했습니까?

김충옥 김원봉 단장이 김구 선생께 직접 받으셨다네.

최태규 이 명단이 유출되면 모두가 위험해지는 걸세. 충옥이, 자네 목숨을 걸고라도 그 명단을 지켜내야 할 것이야.

김충옥 암요. 절대 발각되어선 안 되는 중요한 서류지요. 안 그래도 요즘 임시정부 내에 밀정이 있다는 정보가 있어서 다들 긴장하고 있는 눈치입니다.

신화진 임시정부 내에요?

김충옥 응.

최태규 허허, 참.

이명순 설마 우리가 거사를 준비한다는 정보가 유출된 건 아니겠죠?

김충옥 (고개 저으며) 그럴 일은 없어. 임시정부 사람들 그 누구도 몰라. 이번 거사에 대해 알고 있는 사람은 여기 우리 외에 딱 세 사람뿐이야.

신화진 그게 누굽니까.

김충옥 김원봉 단장과 이태준 선생 그리고 김구 선생님만이 거사에 대해 알고 있지.

최태규 이태준 선생이라면?

김충옥 몽골에서 의사로 활동하시며 군관학교를 설립하고 독립운동자금을 임시정부에 지원해주시는 독립운동가시죠. 정말 고마운 분입니다.

정설진 이 폭탄도 이태준 선생 소개로 만난 헝가리 사람이 제조해준 폭탄입니다.

이명순 임시정부 내에도 밀정이 있다는 얘긴 정말 충격적이네요.

신화진 전국적으로 밀정들이 판을 친다는 얘긴 들었는데 그곳 상해 임시정부까지! 정말 분통이 터지네. 이렇게 앞잡이들이 도처에 깔려있으니 원!

최태규 일본 놈들의 술수가 도대체 어디까지 뻗치려는지….

김충옥 의열단 중에도 밀정이 있다는 말이 있습니다.

잠시 침묵. 모두 설진을 슬쩍 바라본다.

김충옥 아, 여기… 설진 동지는 정말 믿어도 좋습니다. 김원봉 단장께서 특별히 임명해주신 친구입니다. 그리고 여기 오는 길에 신의주 쪽에서 한 차례 위기가 있었는데 그때 설진 동지 덕에 놈들을 따돌릴 수 있었습니다.

최태규 그래서 예정보다 좀 지체가 되었구만.

김충옥 네, 맞습니다.

이명순 이 총과 폭탄들, 군자금 모금을 위한 밀서까지… 그 머나

먼 상해에서 여기까지 오시느라 얼마나 힘이 드셨습니까. 정말 대단하십니다. 설진 동지도 정말 고생 많으셨습니다.

정설진 김원봉 단장님이 저를 충옥 동지에게 붙여주신 이유가 바로 이런 거 아닙니까. 제 임무에 충실했을 뿐입니데이.

이명순 끼니는 좀 채우셨습니까? 순사들 피해 오느라 험한 산길을 헤치고 오셨을 텐데 뭐라도 좀 갖다 드릴까요?

김충옥 아니. 그보다… 앞으로의 거사에 대한 논의가 필요할 듯하네. 바로 말씀 나누시는 게 어떻습니까?

신화진 충옥 동지도 참… 성질도 급하시구려. 숨이라도 좀 돌리시죠. 오자마자 허기도 좀 채우시고….

김충옥 이렇게 다들 모이는 것도 목숨을 걸고 행하는 일인데 한시도 지체할 수 없죠. 예정보다 이틀이나 늦게 도착한 만큼 서둘러야죠. 사이토 총독이 일본으로 떠나는 날도 다음 주로 코앞에 닥쳤잖습니까.

모두 긴장된 표정으로 서로 바라보며 침묵.

최태규 충옥이 말이 맞네. 그러지.

김충옥 예, 그럼 바로 거사 이야기로 넘어가지요. 이미 설진 동지와 함께 세운 계획이 있습니다. 설명해드리게.

정설진 제가 말씀드릴께예. 그동안 우리 의열단은 부산경찰서와 밀양경찰서, 조선총독부에 폭탄을 투척하며 일본 고관에 대한 암살과 중요관공서 폭파를 시도해왔습니다. 1921년 김상옥 열사가 종로경찰서에 폭탄을 투척하고 일본인 경부를 비롯해 수십 명을 사살한 것이 최고의 성과로 언급되고 있지예. 그러나 1924년 동경 니쥬바시 사쿠라다몬에 김지섭 동지가 천왕이 살고 있는 궁성에 폭탄 투척 의거를 실패한 이후 지금까지 5년이 지나도록 어떤 시도도 못 하는 것이 참으로 안타까운 상황입니데이.

김충옥   항간에는 의열단이 해체되었다는 소문이 들리는 것도 다 이런 이유에서죠.

이명순   특히 1923년 김시옥, 황옥, 권동산 동지가 시도했던 사이토 총독 암살계획이 밀정 김재진에 의해 실패한 게 타격이 컸던 탓이죠.

신화진   김재진 그 새끼가 그런 매국노일 줄이야!

정설진   그때 그 일로 죽거나 잡혀간 우리 의열단원이 12명입니데이. 피라미 한 놈이 모든 일을 망쳐놓은 셈이지요.

김충옥   당시 우리 의열단의 핵심이었던 동지들이 그렇게 죽거나 감옥에 갇혀버렸으니 다시 의거를 준비하는 데 시간이 걸릴 수밖에 없었다는 거 다들 알고 계시죠. 이제 우리가 그 침묵을 깨고 무력 항쟁을 이어가야 하는 겁니다.

모두 침묵.

최태규   그래, 알지. 아무튼 사이토 총독 암살이란 계획엔 변동이 없다는 거지? 자네가 상해로 떠나기 전에 모두 결정한 사항 아닌가.

신화진 생각 같아선 당장 일본으로 넘어가서 천황을 죽이고 싶지만 김지섭 동지가 실패한 것처럼 그 삼엄한 경비를 뚫는다는 게 참 쉽지 않은 일이니 사이토 총독 암살만이 가장 큰 성과일 테니까.

김충옥 맞아. 사이토 총독에 대한 암살은 변함이 없어. 하지만 장소와 시기에 대한 신중한 선택이 필요하지.

이명순 사이토 총독이 다음 주에 일본 고위 간부회의에 참석하기 위해 서울역에 나올 때 움직이기로 한 거 아닌가요? 우린 충옥 동지가 경성에 도착하기 전에 시간을 아끼자고 이미 서울역 주변을 살펴두었습니다.

김충옥 아니. 그 전에 움직인다.

신화진 그 전에?

김충옥 3일 후, 종로경찰서.

최태규 3일 후라고?

김충옥 1921년 김상옥 열사가 폭탄을 투척했던 종로경찰서. 그곳에 사이토 총독 집무실이 있습니다. 이 폭탄은 어차피 건물 두 층은 날려버릴 파괴력이 있으니 총독 집무실의 층수만 알아내서 폭탄을 던지면 됩니다.

최태규 왜 계획을 바꿨는지 물어봐도 되겠나?

모두 충옥을 바라본다.

김충옥 (잠시 생각하더니) 김원봉 단장과 김구 선생님의 뜻입니다. 만약 종로 경찰서 폭탄 투척이 실패로 끝나게 되면 바로 이어서 서울역에서 암살을 시도하라고 말씀하셨습니다.

신화진 단 한 번의 시도에 전부를 걸지 마라. 그 뜻이구만.

정설진 이미 너무 많은 의열단원을 잃었기 때문 아인교.

김충옥 만약 실패하더라도 도주로를 파악해둔다. 이것이 이번 거사의 핵심입니다.

이명순 살아야지요. 살아야 또 싸울 수 있으니까요.

잠시 침묵.

신화진 난 찬성이요. 뭐 다음 주까지 질질 끌 필요 있나요?

이명순 저도 함께하겠습니다.

모두 최태규를 바라본다.

최태규 좋아. 하지. 구체적인 계획도 다 세워뒀겠지?

정설진 각자 역할 말씀하시는가 보네.

김충옥 그럼요. 우리가 모두 힘을 합해야 합니다.

결의에 찬 모두의 표정.

암전.

2장.

허름한 국수집. 허름한 나무 테이블 하나.

충옥이 혼자 국수를 먹고 있다.

드르륵 문 열리는 소리와 함께 박경식이 등장해 충옥 옆에 앉는다.

서로 아는 척도 안 하는 두 사람.

박경식 아줌마, 여기 국수 하나. 따뜻하게. 알지요?

열심히 국수만 먹는 충옥.

박경식 상해엔 이런 국수가 없지? 아마?

김충옥 악명 높은 대(大) 종로경찰서 다무라 경부보님께서 어쩐 일로 이런 허름한 국숫집까지 다 행차하셨습니까? 월급도 꽤 받는 걸로 아는데 비싸고 기름진 고기나 드시러 가시지.

박경식 내 아무리 맛난 고기를 먹어도 이 집 국수 맛을 잊을 수가 없어서 말이야. 자네도 이 집 18년 단골 아닌가.

김충옥 19년.

박경식 아, 그런가?

김충옥 해 바뀌었잖아.

박경식 그렇지. 허허. 정확하네.

그제야 고개를 돌려 경식을 쓱 바라보는 충옥.

김충옥	(피식 웃으며) 나 김충옥이야. 잊었어?
박경식	안다. 인마. 의열단 경성 조직원 김충옥.
김충옥	쉿.
박경식	걱정 마. 여긴 아무도 몰라. 이 구석진 허름한 국숫집까지 일본 놈들이 밥 먹으러 올까 봐?
김충옥	그래도 앞으로 장소를 바꾸는 게 좋을 것 같아.
박경식	왜?
김충옥	보는 눈이 많은 곳이니까.
박경식	그러니까 더 의심을 못 하지.
김충옥	아무튼 장소는 계속 바꾸는 게 좋아.
박경식	알겠다. 이놈아.
김충옥	어때?
박경식	뭐가?
김충옥	경부보로 승진하니까 뭐가 더 잘 보여?
박경식	나한테 일본 앞잡이 하라고 시킨 놈이 누구더라?
김충옥	믿을 만한 놈이 들어가야 하니까. 내 친구 경식이는 믿을 수 있거든.
박경식	그래, 네가 그랬지. 정보가 중요하다고. 나 언제까지 해야 하냐. 이 짓. 창씨개명까지 하고. 쪽바리 놈들한테 굽실거리고. 이게 뭐하는 건가 싶다.
김충옥	오히려 더 좋아할까 봐 난 걱정인데. 달콤한 돈과 권력에

물들까 봐.

박경식　의심받지 않기 위해 어쩔 수 없이 같은 민족, 동포들을 탄압해야 하는 심정이 미쳐버릴 것 같아.

김충옥　더 큰 일을 도모하기 위함이니 조금만… 조금만 더 부탁해.

박경식　그래. 그래야지.

　　　　잠시 침묵.

박경식　넌? 상해 쪽은? 이상 없고?

김충옥　응.

박경식　김구 선생은? 만났어?

김충옥　김원봉 단장만.

박경식　물건은?

김충옥　받아왔어.

박경식　고생했네.

김충옥　내일모레 총독 일정은?

박경식　내일모레? 다음 주 서울역이라며?

김충옥　계획이 수정됐어.

박경식　어디로?

김충옥　종로경찰서.

박경식　(놀라서 크게) 뭐?

김충옥　쉿.

박경식 　내일모레?

김충옥 　응. 내일모레 총독 일정 알려줘.

박경식 　출근.

김충옥 　좋아.

박경식 　폭탄이야?

김충옥 　(고개 끄덕인다.)

박경식 　집무실 3층 아니면 회의실 2층 둘 중 한 군데 있을 거야.
　　　　　만약 둘 다 없으면 로비에서 신호 줄게. 직접 올 거지?

김충옥 　동지들과 함께.

박경식 　그렇군.

　　　　　잠시 침묵.

김충옥 　뭐 또 있어?

박경식 　아니.

김충옥 　그날… 로비에서 위로 올라가지 마.

박경식 　왜?

김충옥 　폭탄이 좀 쎄. 이왕이면 밖으로 나가 있어.

박경식 　그래.

김충옥 　갈게.

박경식 　충옥아.

김충옥 　응?

박경식 　너 꼭 살아라. 너 죽으면 안 돼. 너 죽으면 나를 증명해줄 사람이 없어지는 거야. 그러면 난….

김충옥   진짜 매국노로 역사에 남게 되겠지.

박경식   나 싫다. 그거.

김충옥   걱정 마. 나 안 죽는다. 절대. 이 나라 독립을 보는 그날까지 반드시 살아남는다.

김충옥, 자리에서 일어나 퇴장한다. 심각한 표정의 박경식.
암전.

고요한 정적이 암전 속에 이어지다 갑자기 폭탄 터지는 폭발음이 들린다. 이어지는 비명과 총탄 소리 외침, 점점 작아지며 무대 밝아진다.

3장.

경성, 의열단 은신처. 다리에 총을 맞고 피를 흘리는 신화진을 이명순이 부축하며 등장한다.

이명순   조금만 참아요. 조금만.

명순, 화진을 상자에 앉히고 벽에 기댈 수 있게 한다.

이명순   상처 좀 봐요.

명순, 화진의 다리 상처를 살핀다.

이명순   다행이에요. 총알이 스치고 지나갔어요.

신화진   젠장! 나 때문이야. 내가 폭탄을 제대로만 던졌어도….

이명순   자책하지 말아요. 상황이 좋지 않았어요. 화진 동지 탓이 아니에요.

신화진   당황했어. 계획대로라면 보초가 두세 명밖에 없어야 했는데 갑자기 몰려오는 바람에… 정확히 던져야 할 시기와 방향을 놓쳐버렸어. (괴로워하며 얼굴을 감싸고) 아!

이명순   다행히 충옥 동지가 두 번째 폭탄을 잘 던졌잖아요. 사이토 총독에게 분명히 피해가 있을 거예요.

신화진 확인하지 못했잖아.

이명순 연기가 자욱해서… 그리고 순사들도 너무 많았어요. 잘못하면 다 죽을 수도 있었다고요.

신화진 다른 동지들은? 무사히 빠져나왔을까?

이명순 순사들과 총격전을 펼치다 흩어졌으니 아마 따돌리고 올 거예요.

신화진 태규 형님이 던진 세 번째 폭탄은 왜 불발된 거지?

이명순 글쎄요. 폭탄마다 불발탄이 종종 있으니까.

신화진 이 거사를 위해 몇 개월을 기다렸는데! 젠장!

이명순 아직 사이토 총독이 어떻게 됐는지 모르잖아요. 그리고 만약 실패했다 하더라도 며칠 뒤에 서울역에서 또 기회가 있고요.

신화진 충옥 동지 쪽 위치에서 보였을 거야. 사이토 총독이 폭탄에 충격을 받았는지 어땠는지.

이명순 일단 치료부터 좀 할게요. 잠시만 기다려요.

명순, 구급약을 찾는다. 화진에게 다가와 치료해준다.
거뭇한 그을음이 얼굴에 묻은 충옥이 다급히 들어온다.

이명순 오셨군요!

충옥, 다짜고짜 화진에게 달려들어 멱살을 잡는다.

김충옥	말해! 폭탄을 왜 그때! 그쪽으로 던진 거야! 어?
신화진	난 그게….
김충옥	내가 신호를 줄 테니까 기다리라고 했잖아!
이명순	당황했대요. 계획과 달리 상황이 바뀌니까 다들 당황할 수밖에 없었어요.
김충옥	사이토 총독이 놀라 숨어버렸잖아! 조금만! 조금만 더 기다렸어도!

나무 상자를 걷어차는 충옥.

신화진	죄송합니다.
이명순	사이토 총독은…?
김충옥	달아났어.
이명순	아.
김충옥	거사는 실패야.

모두 침묵.

김충옥	태규 형님이랑 설진이는?
이명순	아직 안 왔어요.
김충옥	두 사람이 같은 방향으로 갔어. 순사들이 그쪽으로 가장 많이 쫓아갔어. 어쩌면 붙잡혔을지도 몰라.
신화진	우리도 위험해요.

이명순　네?

신화진　(두려움에 떨며) 여기 버리고 떠야 해. 이쪽으로 몰려올지도 몰라. 빨리요. 당장 여기를 벗어나야 한다고!

이명순　화진 동지! 가만 있어요. 기다려야 해요. 살아도 같이 살고! 죽어도 같이 죽는 거예요.

신화진　만약 우리 중에 밀정이 있다면?

김충옥　뭐?

신화진　그래도 같이 살고 같이 죽는다고?

이명순　왜 그렇게 생각해요? 왜 우리 중에 밀정이 있다고 생각하죠?

신화진　세 번째 폭탄이 터지지 않았어. 태규 형님이 던진 폭탄!

이명순　지금 태규 동지를 의심하는 거예요?

신화진　우리 정보랑 달랐잖아. 사이토 총독은 분명히 2층이나 3층에 있을 거라고 했고 순사들은 대부분 2층에 있을 거라고! 그런데 갑자기 로비에서 우루루 올라왔어. 태규 형님과 설진 동지가 순사로 위장 안 했으면 바로 총에 맞아 죽었을 거야. 순사로 위장하면 자신은 총에 맞지 않는다는 걸 알고 있었던 거야. 뭔가 이상하지 않아? 우리 정보를 태규 형님이 흘린 거야. 그렇지 않다면 이렇게 상황이 달라질 수가….

충옥, 화진의 얼굴을 주먹으로 때린다. 쓰러지는 화진. 이어서 화진의 멱살을 잡고 한 손을 치켜드는 충옥.

이명순   그만! 다리를 다쳤어요!

충옥, 화진을 멱살을 놓는다.

김충옥   확실한 증거 없이 심증만으로 서로 의심하는 거! 그게 바로 분열의 시작이야. 우린 지금… 약해져선 안 돼.

신화진   알겠습니다.

김충옥   일단 기다리자.

모두 침묵.
충옥, 화진의 다리를 살핀다.

김충옥   어때? 통증은?

신화진   견딜 만해요.

김충옥   지금 의원에게 갈 순 없어. 그건 일본 순사들한테 잡아가라고 하는 거나 다름없어.

이명순   이미 경성지역 의원들 주위에 잠복하고 있을 거예요.

김충옥   태규 형님의 작은 아버지께서 의원이셨어. 우선 응급처치만 하고 태규 형님을 기다려보자.

신화진   싫습니다.

김충옥   뭐?

신화진   저 솔직히 태규 형님을 못 믿겠어요. 태규 형님의 도움을 받고 싶지 않습니다.

김충옥	다시 한번 말하지만! 확실한 증거를 찾기 전까지 절대 의심을 입 밖으로 꺼내지 마라. 만약 네 말대로 태규 형님이 밀정이라면 아니… 그 누구라도! 일본 놈들의 밀정임이 밝혀지면 내가 가장 먼저 그자를 처단할 테니까. 알겠어?

고개 끄덕이는 화진. 그때, 밖에서 문 두드리는 소리 들린다.
깜짝 놀라는 세 사람. 충옥, 가슴에서 권총을 꺼내어 들고 문 앞에 선다.

김충옥	누구시오.
최태규	(소리) 어서 문 여시게. 날세. 태규.

충옥, 문을 연다. 순사 복장을 한 태규가 들어온다.

김충옥	다친 데는 없습니까?
최태규	난 괜찮아. 다들 괜찮나?
이명순	화진 동지만 총알이 다리를 스쳤고 그 외엔 괜찮습니다.
최태규	다행이군.
김충옥	설진이는?
최태규	설진 동지? 아직 안 왔어?
김충옥	같이 가지 않았습니까?
최태규	흩어질 때 따라온 것 같긴 한데 바로 총격전이 벌어져서 미처 챙기지 못했어.

김충옥	예?
최태규	왜?
김충옥	아닙니다. 꽤 많은 숫자의 순사들이 그쪽으로 갔는데… 걱정이 돼서요.
최태규	설진이와 내가 순사 옷을 입고 있어서 아마 우리가 그랬다고는 생각 못 했을 거야. 나를 쫓아오는 순사는 없었는데. 혹시 설진 동지 쪽으로 순사들이 쫓아간 걸까?
이명순	그럼 설진 동지의 행방은 전혀 모르시는군요.
최태규	그렇지. 바로 헤어졌으니.

태규, 화진의 다리를 보고.

최태규	화진이, 자네 다리를 다쳤구만.
이명순	탄알이 스친 것 같아요.
신화진	다행히 심하진 않습니다.
최태규	아니야. 그래도 찢어진 부위를 봉합하지 않으면 상처가 곪을 수 있어. 탄알 독이 퍼질 수 있지.
김충옥	형님, 작은아버지께서 의원 하신다고 하지 않았나요?
최태규	외과 전문은 아니시지만, 이 정도 봉합은 할 수 있을 거야.
김충옥	그럼 부탁 좀 드려도 될까요?
최태규	그러지. 화진이 나와 함께 가세.

대꾸 없이 망설이는 화진.

최태규	화진아 왜? 외과 전문이 아니라서 걱정돼?
신화진	아니요. 그런 건 아니고….
김충옥	화진 동지.

충옥, 화진을 보며 고개를 가로젓는다. 그제야 고개 끄덕이는 화진.

신화진	알겠습니다. 그렇게 하시죠.
이명순	함께 갈까요?
김충옥	아니야. 지금 몰려다니면 오히려 눈에 띄기 쉬워.
최태규	나와 화진이만 가는 게 좋을 것 같네.
김충옥	그럼 부탁 좀 드리겠습니다.
이명순	다음 계획을 정하고 가시는 게 어떻습니까. 다시 모이기까지 일이 어떻게 될지 모르는 판이니. 충옥 동지는 설진 동지를 계속 기다릴 건가요?
김충옥	그래야지.
이명순	그럼 우리는 어떡할까요? 여기를 버리고 다른 장소에서 만날까요?
신화진	내일 저녁에 우리 집에서 다시 모이는 게 어떻겠습니까? 이 정도면 하루만 치료받고 집에 누워 있으면 될 것 같은데.
김충옥	삼판동에 있는 저희 삼촌 집에서 모이겠습니다.
최태규	삼판동?
김충옥	예. 서울역 근처로 가는 것이 다음 주 거사를 기약하기 용이할 것입니다.

최태규 다음 주에 서울역에서 거사할 수 있겠나? 오늘 일로 경비가 더욱 삼엄해질 텐데 말이야.

김충옥 알아보겠습니다. 일단 내일 만나서 얘기 나누시죠.

신화진 갑자기 이런 말씀을 드려서 좀 이상할 수 있는데… 충옥 동지는 어디서 정보를 얻습니까?

김충옥 뭐?

신화진 이번 거사도 그렇고 다른 곳에서 알아 오는 정보가 믿을 만한 것인지 의심이 돼서 그렇습니다.

최태규 그렇긴 해. 종로 경찰서에 순사들 배치도 달랐고 인원수도 정보와 달랐어.

김충옥 정보가 틀렸던 게 아니라 오늘 당일 갑자기 바뀐 겁니다.

모두 어색한 침묵.

이명순 이번엔 충옥 동지를 의심하는 겁니까?

최태규 이번엔… 이라니?

김충옥 (태규에게) 아닙니다. (모두에게) 어제까지 모두 같이 확인하지 않았습니까. 정확한 정보였고 이상 없었습니다. 거사 직전에 바뀐 겁니다.

신화진 충옥 동지의 정보통이 누군지 말해주시면 안 되겠습니까?

김충옥 뭐?

최태규 사실 우리끼린 충옥이 자네 정보통에 대해서 예전부터 궁금해 왔던 게 사실이야. 하지만 자넨 절대 밝히지 않으니까. 알지. 왜 말하지 않는지도 알지만… 뭐, 그 정보통이 믿을만한 건지 궁금한 거야. 자네를 의심한다는 게 아니라 자네의 정보통이 의심스럽다는 얘기지. 오해는 하지 말게나.

김충옥 (약간 감정적으로) 믿을 만한 정보통입니다. 확실합니다.

모두 침묵.

김충옥 정보통의 문제가 아니라 다른 이유가 있을 겁니다. 저도 좀 알아보고 내일 만나서 다시 논의하기로 하겠습니다.

최태규 그래, 알겠네. 내일 삼판동에서 보세.

태규, 화진을 부축하며 퇴장한다.

명순, 문을 닫고 태규와 화진이 가는 것을 확인한 후.

이명순 오라버니.

김충옥 그래. 넌 좀 괜찮은 거야?

이명순 네.

잠시 침묵.

이명순 오라버니… 어떻게 들릴지 모르겠지만… 화진 동지와 태규 동지의 말이 틀린 건 아니에요. 충분히 의심할 만해요.

정보가 샌 것은 맞는 것 같아요.

김충옥   그럴 리가 없어… 어떻게 된 건지 모르겠어.

이명순   저한테는 말해줄 수 있지 않나요?

김충옥   뭘?

이명순   경찰서 정보요. 순사들 위치와 인원에 대한….

김충옥   그게 잘못된 정보가 아니라고 했잖아. 오늘 당일 바뀐 거라니까.

이명순   정보가 잘못된 게 아니라 사람이 잘못된 것일 수 있으니까.

김충옥   무슨 뜻이지?

이명순   정보는 바뀔 수 있어요. 정보를 전달하는 사람이 마음이 바뀌면 그 정보는 시점에 따라 약이 될 수도, 독이 될 수도 있는 거잖아요. 오라버니한테 정보를 준 사람의 마음이 변했을 수도 있으니까 그 사람이 누구냐고 묻는 거예요.

김충옥   밝힐 수 없어.

이명순   저도 못 믿는 건가요?

김충옥   명순이 널 못 믿는 게 아니라 네가 위험해질까 봐 말 못하는 거야.

잠시 침묵.

이명순   알겠어요. 그럼 하나만 다시 물어볼게요. 오라버니의 정보통을 아는 사람은 오라버니 외엔 아무도 없는 게 확실한가요?

김충옥	응. 나 이외엔 아무도 몰라.
이명순	그렇다면….
김충옥	명순아.
이명순	네?
김충옥	혹시 아까 태규 형님이 한 말….
이명순	무슨 말이요?
김충옥	자신이 먼저 뛰어가고 설진이 자기를 따라왔다고 했어.
이명순	그랬죠. 그런데 그게 왜요?
김충옥	내가 본 건 그게 아니야. 흩어지라는 외침에 설진이 먼저 뛰어갔고 태규 형님이 설진이를 따라갔거든. 근데 왜 설진이 자기를 따라왔다고 했을까.
이명순	글쎄요. 단지 말실수도 있고 기억이 왜곡됐을 수도 있죠.
김충옥	그래, 그럴 수도 있지. 알겠어. 얼른 가서 쉬어. 내일 삼판동에서 만나자.
이명순	설진 동지는 혼자 기다리실 건가요?
김충옥	응. 아침까지만 기다리다 안 오면 나도 옮길게.
이명순	알겠어요.

명순, 가려다 멈춰서.

이명순	충옥 오라버니, 혹시나 만약… 이곳에 순사들이 들이닥치면… (한쪽 벽을 가리키며) 저 벽 뒤에 몸을 숨기세요.

충옥, 고개 끄덕인다.

김충옥　　염려 마.

명순, 퇴장한다. 긴 한숨 내뱉는 충옥.
암전.

4장.

경성, 의열단 은신처. 깊은 새벽. 한쪽에 몸을 웅크리고 자는 충옥.
계속 입고 있던 코트를 이불 삼아 덮고 있다.
밖에서 인기척이 들리고 벌떡 일어나는 충옥. 밖을 살핀다.

순사1   (소리) 이쪽 맞아?

순사2   (소리) 확실합니다.

김충옥   여기를 어떻게 알았지?

순사1   (소리) 흩어져서 뒤져봐!

순사2   (소리) 예!

충옥, 재빨리 명순이 가리켰던 벽으로 가서 무언가 누르자 벽이
열리고 뒤쪽 공간이 보인다. 그 안에 몸을 숨기고 벽이 닫히면 감
쪽같이 자취를 감춘다. 그제야 방문을 열고 들어오는 순사2.

순사2   이쪽에 창고가 있습니다!

순사1이 들어와 주위를 살핀다.

순사1   사람의 흔적이 있다. 조금 전까지 있었던 것 같은데?

그때, 따라서 등장하는 박경식.

박경식   뭐야?

순사1,2 경식에게 경례한다.

순사2   의열단 놈들의 은신처를 찾은 것 같습니다.

갑자기 순사2의 정강이를 걷어차는 경식.

순사2   악! (바닥에 쓰러져 정강이를 잡고 고통스러워한다.)

박경식   야, 이 새끼야. 이게 어디 은신처로 보이냐! 그냥 거지들이 추위에 몸이나 녹이는 허름한 창고 아냐! 여기 말고 저 옆집을 살펴봐! 이쪽은 아니야!

순사1   그래도… 여기를 좀 더 뒤져보면….

박경식   뭐? 지금 뭐라고 했어?

순사1   아, 아닙니다.

박경식   내가 우습나?

순사1   예?

박경식   이 다무라 경부보가 순수 일본인이 아니라 조센진이어서! 이 자리에 올라온 게 우습냐 이 말이다!

순사1   아닙니다!

박경식   그럼 나가. 당장 나가서 의열단 놈들을 찾아!

순사1,2 긴장하며 차렷 자세로 외친다.

순사들　하이!

순사1,2. 모두 서둘러 퇴장한다. 박경식. 주위를 둘러보고 충옥이 입고 있던 코트를 주워서 살펴본다. 근심 어린 표정 지으며 코트를 바닥에 던지고 창고 안을 둘러본다. 그러다 충옥이 숨어있는 벽 앞을 지나는데 갑자기 벽이 열리며 충옥이 밖으로 나온다. 깜짝 놀라는 경식.

박경식　충옥….

충옥은 경식에게 달려들어 입을 틀어막고 바닥에 눕힌다.

박경식　읍읍! 왜 이래….
김충옥　박경식 너 이 새끼… 솔직히 말해. 나 배신한 거냐? 변절했어? 밀정을 하라고 거기에 집어넣었더니 진짜 그놈들 편이 된 거야?
박경식　읍읍….
김충옥　말해. 어서 말해!

주먹으로 충옥을 치는 경식. 두 사람, 치고받고 한 바퀴 구른다.

박경식	야 이 미친놈아! 입을 틀어막고 있는데 어떻게 말하란 거야?
김충옥	뭐야. 너 말해봐. 도대체 뭐야!
박경식	조용히 해! 내가 겨우 다른 데로 놈들을 따돌렸잖아. 거기 숨어서 다 들었을 거 아냐? 내가 왜 널 배신해? 생각해봐. 내가 네 옷을 보고 여기 있었단 걸 알았는데 왜 순사들을 밖으로 내보냈겠어? 내가 밀정이라면 널 잡았어야지.
김충옥	그럼 어떻게 된 거야?
박경식	뭐가?
김충옥	오늘 거사를 치르기 직전에 순사들 배치와 인원이 달라졌어. 네가 준 정보가 바뀌었다고!
박경식	나도 알아.
김충옥	그럼 설명해 봐. 어떻게 된 건지!
박경식	목소리 낮춰. 아직 멀리 못 갔을 거야. 흥분하지 말고 좀 들어봐. 내 말을 믿어야 해. 알겠어?
김충옥	말해.
박경식	이번 거사를 아는 사람 누구누구야?
김충옥	아무도 없어. 우리 의열단 동지들 말고는 아무도….

잠시 멈칫하고 말을 못 잇는 충옥.

| 박경식 | 너희 안에 밀정이 있어. |
| 김충옥 | …. |

박경식 오늘 거사에 착수한 단원들 몇 명이지? 4명? 5명?

김충옥 다섯….

박경식 명순이도 있었지? 멀리서 내가 본 것 같은데. 그중에 한 명은 죽었으니까 그럼….

김충옥 한 명이 죽다니?

박경식 ….

김충옥 설진이가 죽었다고?

박경식 응. 시체로 발견됐어.

김충옥 어디서?

박경식 명동 뒷골목에서.

김충옥 누가 죽였는데?

박경식 모르지. 총격전 끝에 달아나다 죽었는데 순사들이 쏜 총에 맞은 건지, 스스로 자살을 한 건지.

충옥, 자리에 털썩 주저앉는다. 잠시 침묵.

김충옥 시체는?

박경식 명동 뒷골목 어딘가에 있겠지. 나도 순사들한테 둘러싸여 있어서 어떻게 처리할 수가 없었어.

김충옥 아.

잠시 침묵.

박경식　아무튼 그 죽은 친구가 밀정일 리는 없을 테고… 그렇다면 너 빼고 3명이야. 그중에 짐작 가는 사람 없어?

김충옥　잠깐만. 나 잠시….

고통스러운 듯 머리를 감싸 쥐는 충옥.

박경식　그래, 충격이 크겠지. 밀정이란 게 그렇지. 가장 최측근이 었던 사람이 변절하고 가장 믿었던 내 아내, 내 남편, 내 자식, 내 형제가 밀고를 하는 거야. 가족을 팔고, 나라를 팔고, 민족을 파는 거지.

김충옥　명순이는 아니야.

박경식　그래, 나도 명순이는 아닐 거라 생각해. 어릴 때부터 한동네에 살면서 널 좋아했잖아. 의열단도 너 때문에 가입한 거고.

김충옥　이 벽 뒤에 비밀공간을 가르쳐 준 사람이 명순이야. 명순이가 밀정일 리 없어.

박경식　그럼 나머지 두 명은 누구야?

충옥, 물끄러미 경식을 쳐다본다.

김충옥　난 지금 너무 혼란스러워. 미안하지만… 너도 못 믿겠어.

박경식　나도 답답하다.

김충옥　여기 우리 은신처 어떻게 알았어?

박경식   네가 나한테 여길 알려준 적 있어? 없잖아. 내가 물어본 적도 없고. 아니야?

김충옥   그렇지. 혹시 너한테 미행이 붙을 수도 있는 거고, 아니면 네가 우리 쪽 밀정이라는 게 발각되어서 고문당할 수도 있으니까….

박경식   알아. 나도 그래서 안 물어본 거고.

잠시 침묵.

박경식   우메다 경부한테 보고하는 놈이 있어. 그놈이 밀정이야. 우메다 경부가 갑자기 오늘 오전에 순사들을 전원 소집하더니 배치 인원과 위치를 바꿨어. 그리고 여기 은신처도 우메다 경부가 알고 출동시킨 거야! 정확히 이곳을 지정하고 출동 명령을 내리는데 깜짝 놀랐어. 나도 몰랐던 은신처 위치를 우메다 경부가 어떻게 알겠어? 확실히 밀정이 있는 거야.

그때 바깥에서 박경식을 찾는 소리가 들린다.

순사2   (소리) 다무라 경부보님! 아직 안에 계십니까?

박경식   (밖을 향해) 나간다. 기다려!

경식, 밖을 한번 살피고는 다시 충옥의 어깨를 붙잡고 말한다.

박경식   시간이 없어. 여기 오래 있다간 나도 의심받을 거야.

충옥, 넋이 나간 듯 멍하니 생각에 잠겨있다.

박경식   충옥아, 내 말 잘 들어. 오늘 낮에 폭탄 사건으로 종로경찰
서는 지금 난리가 났어. 다른 경찰서에 지원 요청하고 2천
명이 넘는 순사들이 경성 전역을 이 잡듯이 뒤지고 있다
고. 그러니까 돌아다니면 더 위험해. (둘러보더니) 차라리 여
기! 저 벽 뒤에 숨어있어. 오히려 그게 더 안전할 거야. 여
기는 수색을 이미 했으니까. 수색 범위를 더 넓혀나가느
라 여기는 제외할 게 분명해. 알겠어? 정신 차려 인마!

김충옥   그래… 알겠어.

박경식   일단 누가 밀정인지 알아내야 해. 혹시 나의 존재에 대해
동지들에게 말한 적 있어?

김충옥   아니.

박경식   절대 나에 대해서 말하면 안 돼. 그럼 그놈이 우메다 경부
에게 바로 보고할 거야. 아무도 믿지 마. 혹시 모르니까 명
순이도 믿지 않는 게 좋아. 나 갈게.

경식이 다급히 나가려는데 충옥이 붙잡으며 말한다.

김충옥   좋은 생각이 있어.

박경식   뭐가?

김충옥   누가 밀정인지 알아내는 방법.

박경식   나중에 상황을 봐서 다시 접선하자. 우선 지금은 가봐야 해. 나도 동태를 더 파악해볼게.

김충옥   그래.

경식, 퇴장한다. 혼자 생각에 잠기는 충옥.

김충옥   세 사람 중에 밀정이 있다고? 누굴까?

충옥의 머릿속 추측에 따라 세 인물이 등장해 말하기 시작한다.

김충옥   첫 번째 수류탄 투척을 실패하고 방향도 잘못 던졌던 화진?

화진이 등장한다.

신화진   처음 뵙겠습니다. 충옥 동지 얘기는 많이 들었습니다. 저도 의열단 단원입니다. 여기 경성에서 충옥 동지를 만나라는 김원봉 선생의 지시를 받고 개성에서 내려왔습니다. 의열단에서 이 나라, 이 조국을 위해 싸우다 죽겠습니다.

다시 충옥의 독백.

김충옥   화진은 태규 형님을 의심했어. 혹시 자신의 정체를 감추

려고 일부러 태규 형님을 모함한 것일까?

조금 전 상황. 태규를 의심하는 화진의 모습.

신화진 세 번째 폭탄이 터지지 않았어. 태규 형님이 던진 폭탄! 우리 정보랑 달랐잖아. 사이토 총독은 분명히 2층이나 3층에 있을 거라고 했고 순사들은 대부분 2층에 있을 거라고! 그런데 갑자기 로비에서 우루루 올라왔어. 태규 형님과 설진 동지가 순사로 위장 안 했으면 바로 총에 맞아 죽었을 거야. 순사로 위장하면 자신은 총에 맞지 않는다는 걸 알고 있었던 거야. 뭔가 이상하지 않아? 우리 정보를 태규 형님이 흘린 거야. 그렇지 않다면 이렇게 상황이 달라질 수가….

김충옥 그리고 나까지 의심했지.

신화진 갑자기 이런 말씀을 드려서 좀 이상할 수 있는데… 충옥 동지는 어디서 정보를 얻습니까? 이번 거사도 그렇고 다른 곳에서 알아 오는 정보가 믿을 만한 것인지 의심이 돼서 그렇습니다.

김충옥 나를 직접적으로 명명한 것은 아니지만 나를 의심하는 거나 마찬가지였어. 그래, 서로를 의심하게 만들고 분열시키기 위해 그런 걸 수도!

갑자기 고개를 세차게 가로저으며 털썩 주저앉는 충옥.

김충옥   아니야. 그렇다고 밀정이라는 확실한 증거는 되지 않아. 어쩌면 화진의 말대로 태규 형님이….

다시 충옥의 머릿속 회상. 최태규가 등장한다.

최태규   충옥아! 이게 얼마 만이냐! 네가 의열단으로 경성에 있단 소식은 들었다. 어디서 듣긴! 나도 의열단에 가입하고 알게 됐지. 우리 의열단이 어느덧 전국 통틀어 200명이 넘는다는구나. 일제 치하에 나라 잃은 심정을 어찌 다 이루 말할 수 있겠냐. 나라를 찾겠다는 신념하에 고향 땅 버리고 나도 너처럼 이곳 경성으로 올라온 거야. 여기서 다시 널 보니 상경하길 잘했다는 생각이 드는구나! 하하.

다시 충옥의 독백 이어진다.

김충옥   조금 전 거사에서 태규 형님이 던진 세 번째 수류탄이 불발되었어. 혹시 일부러 불발되도록 한 것일까? 그리고 달아날 때 내가 본 것은 분명 설진이 먼저 뛰어가고 태규 형님이 따라가는 모습이었어.

조금 전 태규의 대사가 재연된다.

최태규   설진 동지? 아직 안 왔어? 흩어질 때 따라온 것 같긴 한데 바로 총격전이 벌어져서 미처 챙기지 못했어. 설진이와 내가 순사 옷을 입고 있어서 아마 우리가 그랬다고는 생각 못 했을 거야. 나를 쫓아오는 순사는 없었는데. 혹시 설진 동지 쪽으로 순사들이 쫓아간 걸까?

김충옥 태규 형님과 같은 방향으로 갔던 설진이는 결국 시체로 발견됐어. 순사 옷을 입고 있었는데 살해되고 만 거야. 혹시 태규 형님이 그런 것일까? 태규 형님은 내 정보통에 대해서도 알고 싶어 했어. 우리 쪽 밀정을 찾아내려고 했던 것은 아닐까?

최태규 사실 우리끼린 충옥이 자네 정보통에 대해서 예전부터 궁금해 왔던 게 사실이야. 하지만 자넨 절대 밝히지 않으니까. 알지. 왜 말하지 않는지도 알지만… 뭐, 그 정보통이 믿을만한 건지 궁금한 거야. 자네를 의심한다는 게 아니라 자네의 정보통이 의심스럽다는 얘기지. 오해는 하지 말게나.

벌떡 일어나 고뇌하는 충옥. 갑자기 멈춰서더니.

김충옥 설마…?

이명순이 등장한다.

이명순 충옥 오라버니. 제가 비록 여자의 몸이지만 의열단에 가입하고 싶습니다. 이렇게 불쑥 경성에 올라와 오라버니께 다짜고짜 말씀드리는 것 같아 죄송하지만… 저도 오라버니처럼 이 나라 독립을 위해 싸우고 싶습니다. 지금의 온건한 방식으로는 절대 독립을 이룰 수 없다고 생각해요. 단호하고 결연한 무장투쟁만이 우리의 주권을 되찾을 수 있는 유일한 길이라고 생각합니다. 알려주세요. 어떻게 하면 의열단에 가입할 수 있는 거죠?

다시 충옥의 독백.

김충옥 생각해보면 명순이도 내 정보통을 알고 싶어 했어.

이명순 정보는 바뀔 수 있어요. 정보를 전달하는 사람이 마음이 바뀌면 그 정보는 시점에 따라 약이 될 수도, 독이 될 수도 있는 거잖아요. 오라버니한테 정보를 준 사람의 마음이 변했을 수도 있으니까 그 사람이 누구냐고 묻는 거예요. 저도 못 믿는 건가요?

김충옥 아니야. 명순이 그럴 리 없어. 우리에게 은신처를 제공해 준 사람이 명순인데….

이명순 의열단 은신처를 옮겨야겠어요. 이화동 쪽에 제가 아는 곳이 있어요. 창고로 사용되는 곳인데 주택가 사이 안쪽에 있어서 피신하기 적당할 거예요.

김충옥 이 벽의 뒷공간도 유일하게 내게만 알려주었고.

이명순 오라버니만 알고 계세요. 이곳에는 비밀공간이 있어요. 저

기 벽, 보이시죠? 저 벽 뒤에 한 사람 정도 숨을 수 있는 공간이 있는데 벽을 닫으면 정말 감쪽같이 자취를 감출 수 있어요.

김충옥   그래… 어쩌면….

박경식이 등장한다.

박경식   너 그 말 진심이야? 나보고 놈들 소굴로 들어가라고? 난 너처럼 의열단 단원이 될 생각이었어. 아니, 절대 그럴 수 없어. 그래 아버지 병환으로 몸져누워계시고 약 살 돈도 없지. 하지만 다른 방법으로 돈을 구하면 돼. 창씨개명까지 하고 쪽발이 놈들 월급을 받고 개 같은 앞잡이 노릇을 하란 말이야? 가짜라고 해도! 어쨌든 겉으로 그런 삶을 살아야 하는 거잖아. 충옥아, 우리 아버지 독립운동하시다 일본 놈들의 총칼 앞에 저렇게 몸져누우신 거야. 내가 어떻게 일본 경찰의 모습으로 아버지 앞에 나타나란 말이냐. 난 절대 못 한다.

김충옥의 독백이 계속 이어진다.

김충옥   그래, 난 경식이에게 우리의 은신처를 알려주지 않았어. 설마 날 미행한 것일까?

다시 경식의 과거 대사 재연.

박경식 네가 나한테 여길 알려준 적 있어? 없잖아. 내가 물어본 적도 없고. 아니야?

김충옥 생각해보면 우리 안에 밀정이 있다는 것을 내게 확실히 알려준 사람은 바로 경식이야.

박경식 우메다 경부한테 보고하는 놈이 있어. 그놈이 밀정이야. 우메다 경부가 갑자기 오늘 오전에 순사들을 전원 소집하더니 배치 인원과 위치를 바꿨어. 그리고 여기 은신처도 우메다 경부가 알고 출동시킨 거야! 정확히 이곳을 지정하고 출동 명령을 내리는데 깜짝 놀랐어. 나도 몰랐던 은신처 위치를 우메다 경부가 어떻게 알겠어? 확실히 밀정이 있는 거야.

김충옥 모르겠어. 아냐… 누구도 믿을 수 없어. 누구야… 도대체….

등장해 있던 화진, 태규, 명순, 경식이 한마디씩 충옥에게 말하기 시작한다.

신화진 충옥 동지는 어디서 정보를 얻습니까?

최태규 자네를 의심한다는 게 아니라 자네의 정보통이 의심스럽다는 얘기지.

이명순 그 사람이 누구냐고 묻는 거예요.

박경식 우메다 경부한테 보고하는 놈이 있어. 그놈이 밀정이야.

괴로워하며 버럭 소리를 지르는 충옥.

김충옥 그만… 그만!

모두 침묵.

김충옥 도대체… 누구야.

모두 굳은 표정으로 굳게 입 다문 채 암전.

5장.

경성, 의열단 은신처.

충옥이 누군가를 기다리고 있다. 노크 소리 들린다.

김충옥   누구요!

이명순   (소리) 저예요. 명순이.

문 열어주는 충옥. 다급하게 들어오는 명순.

김충옥   모두 전했어?

이명순   (고개 끄덕이며) 네. 먼저 화진 동지의 집으로 찾아갔어요.

명순의 회상 장면이 한쪽에서 재연된다.

신화진의 집 앞. 화진이 두리번거리며 등장한다.

신화진   명순 동지, 집 앞까지 어인 일로?

이명순   계획이 변경되어서 급히 찾아왔습니다. 간밤에 삼양동 은
              신처가 순사들에게 기습당했습니다.

신화진   뭐? 그래서?

이명순 충옥 동지가 혼자 자고 있었는데 다행히 도망 나와서 우리 집에 와서 제게 알려줬습니다.

신화진 아. 그렇군.

이명순 도주 중에 충옥 동지 얼굴이 놈들에게 알려진 것 같아요. 그래서 저 혼자 이렇게 왔습니다. 오늘 삼판동에서 만나기로 한 계획을 전면 취소하고 다른 곳에서 모이기로 계획을 수정했어요.

신화진 충옥 동지는 지금 어디에 있소?

이명순 일단 몸을 피했다가 내일 모임 장소에 나타나기로 했어요. 어디 있는지는 저도 몰라요.

신화진 그럼 내일 어디에서?

이명순 왕십리 안장사.

신화진 시간은?

이명순 내일 밤 자시에요.

신화진 알겠소.

이명순 그럼.

화진은 퇴장하고 다시 공간은 은신처로 이어진다.

김충옥 잘했어. 태규 형님에게도 전달했고?

이명순 네.

다시 한쪽에 공간은 최태규의 집 앞으로 바뀐다.

명순이 먼저 기다리고 있으면 최태규가 등장한다.

최태규 집 앞까지 웬일이야? 이따가 삼판동에서 만나기로….

이명순 계획이 변경됐어요.

최태규 뭐? 왜?

이명순 간밤에 삼양동 은신처가 순사들에게 기습당했어요.

최태규 이런! 충옥 동지는?

이명순 다행히 빠져나와서 우리 집으로 와서 알려줬어요.

최태규 다행이구만!

이명순 그래서 아무래도 삼판동은 위험하다고 판단하고 오늘 만 남을 취소하고 장소를 변경해서 내일 모이기로 했어요.

최태규 어디로?

이명순 청파동 24번지.

최태규 청파동? 하필 왜?

이명순 청파동이 서울역 바로 뒤쪽이라 그런 것 같아요.

최태규 하긴. 사이토 총독이 일본으로 떠날 날이 바로 며칠 뒤라 시간을 벌 생각이구먼.

이명순 시간은 내일 밤 자시예요.

최태규 자시라. 알겠어.

이명순 그럼 가보겠습니다.

최태규 내일 보자. 몸조심하고.

이명순 네.

태규, 퇴장한다. 공간은 다시 은신처로 바뀐다.

김충옥 잘했어. 뭔가 이상한 느낌은 없었고?

이명순 없었어요. 두 사람 모두.

김충옥 ….

이명순 자, 이제 알려주세요. 시키는 대로 했으니 이제 어쩔 생각
이에요? 왜 두 사람에게 다른 장소를 알려 준 거죠?

김충옥 두고 보면 알 거야.

이명순 두 사람 중에 정말 밀정이 있다고 생각하는 거예요?

김충옥 응. 확실해.

이명순 그렇게 단정 짓는 근거는요?

김충옥 그 근거를 만들기 위해서 그렇게 함정을 판 거야.

이명순 무슨 말인지 모르겠어요.

김충옥 명순아. 우리 안에 확실히 밀정이 있어. 그런데 넌 아니잖
아. 그럼 두 사람뿐이지.

이명순 우리 안에 밀정이 확실히 있는지 어떻게 알죠?

김충옥 내 정보통.

이명순 또 그 정보통… 좋아요. 두 사람 중에 밀정이 있다고 쳐요.
누가 밀정인지 알게 된다면… 어떻게 할 셈이에요?

김충옥 처단해야지. 그게 의열단의 규칙이니까.

이명순 아. 정말 난 누굴 믿어야 할지.

잠시 침묵.

이명순	일단 우리 집으로 옮기는 게 어때요? 내일 자시까지.
김충옥	왜?
이명순	순사들이 여기 왔었는데 위험하잖아요. 또 들이닥치면 어쩌려고.
김충옥	아냐. 다른 곳도 샅샅이 수색 중이라 거리를 다니는 것 자체가 위험해. 여기는 이미 수색한 곳이라 다시 올 리 없고. 그리고….
이명순	그리고 또 뭐요?
김충옥	여기서 만나기로 한 사람이 있어.
이명순	누구죠?
김충옥	내 정보통.
이명순	여기로 온다고요?
김충옥	응. 누군지 궁금해했잖아.
이명순	그렇긴 한데….

노크 소리 들린다.

김충옥	왔군.

충옥, 문 앞으로 가서 나지막이 묻는다.

김충옥	누구시오.

경식의 목소리 들린다.

박경식　(소리) 나야.

충옥. 문 열어주면 박경식이 들어온다. 명순을 보고 흠칫 놀라는
경식. 명순도 경식을 보고 깜짝 놀란다.

이명순　아!
박경식　명순이도 있었구나.
이명순　오라버니 정보통이….
김충옥　두 사람, 오랜만이지?
박경식　10년은 넘은 것 같은데. 맞나?
이명순　일본 경시청에 있다고 들었는데….
박경식　너도 내가 앞잡이가 됐다고 생각했지?
이명순　우리 쪽 밀정이에요?
박경식　정확히 말하면 충옥이의 밀정이지.
이명순　어떻게 이런….
김충옥　7년 전부터 준비해온 일이야. 나는 의열단에 가입하고 경
　　　　　식이는 일본 경찰학교를 들어가기로 한 거지.
이명순　난 그런 줄도 모르고.
박경식　너만 모른 거 아니야. 내 부모, 형제, 친구들 모두 다 내가
　　　　　일본 앞잡이가 됐다고 생각하지. 충옥이만이 진실을 알고
　　　　　있었어.

김충옥	인사는 이쯤 하기로 하고.
박경식	아, 그래.
김충옥	자, 우메다 경부에게 정보가 전달된 거지?

박경식, 고개 끄덕인다.

박경식	그러니까 내가 여기로 급히 달려왔겠지.
이명순	무슨 말이죠? 어떤 정보요?
김충옥	우리 안의 밀정이 종로 경찰서 우메다 경부에게 보고한다는 사실을 알아냈어.
이명순	그래서 두 사람에게 각각 다른 장소를…?
김충옥	말해 봐. 우메다 경부가 말한 장소가 어디지?

긴장된 표정으로 경식을 바라보는 두 사람.

| 박경식 | 청파동 24번지. |
| 김충옥 | 아. |

망연자실한 충옥.

박경식	누구야?
이명순	최태규.
박경식	태규 형님?

김충옥   어떻게 이럴 수가.

박경식   내일 자시. 맞아?

이명순   맞아요. 시간까지.

박경식   내일 자시에 청파동 24번지를 습격하기로 명령이 떨어
졌어.

말없이 멍한 표정의 충옥.

김충옥   설진 동지도… 설진 동지도 죽인 거야!

이명순   네? 그럼 그때 도망가면서….

김충옥   최태규 이 개새끼!

박경식   이제 어쩔 거야?

김충옥   처단한다. 조선혁명선언. 일, 민중은 우리들의 혁명운동
의 대본영이다. 이, 폭력은 우리들의 혁명에 유일한 무기
이다. 삼, 우리는 민중으로 더불어 손을 잡고 천만년이 지
날지라도 강도 일본 세력을 파괴하기 위하여 폭력에 의한
암살, 파괴, 폭동 등을 끊이지 아니할 것이다. 사, 우리들
의 생활에 적합하지 못한 제도를 벗어나서 인류가 인류를
압박하고 권력이 인류를 압박하는 등의 일이 없는 이상적
조선을 세울 것이다.

모두 침묵.

이명순 언제부터… 언제부터 밀정이 된 걸까요? 설마 처음부터 밀정으로 의열단에 들어온 걸까요?

박경식 그건 모를 일이야. 의열단을 들어온 이후에 회유와 겁박을 당했을 수도 있어.

김충옥 우메다 경부 짓이겠지.

박경식 아니, 그보다 더 윗선일 수도 있어.

이명순 윗선이라면?

박경식 내가 좀 알아볼게.

김충옥 조심해. 그러다 너까지 다칠 수 있어.

박경식 난 네가 더 걱정이야 인마. 조선총독부 놈들이 널 잡기 위해 혈안이 되어있어. 넌 경성 의열단 수장이니까. 네가 잡히거나 죽으면 의열단은 끝나는 거야. 충옥아, 넌 반드시 살아야 해. 네가 살아서 우리의 무장 항쟁을 이끌어야 해.

김충옥 그래, 끝까지 싸운다. 우리의 주권을 되찾는 그날까지.

충옥, 경식을 끌어안는다.

김충옥 내일 넌 모르는 척 출동해. 청파동 24번지엔 아무도 없을 거야. 얼른 가.

박경식 그래. 최태규 배후 알아보고 연락할게. 명순이도 몸조심하고.

이명순 네.

박경식, 퇴장한다.

이명순   태규 동지가 변절자라니… 경식 오라버니가 밀정일 가능
성은 없나요? 만약 거짓으로 장소를 알려준 거라면?

김충옥   아니, 그럴 리는 없어. 난 경식이에겐 두 장소 모두 알려주
지 않았거든.

이명순   우메다 경부를 통해 알게 된 게 맞군요.

김충옥   가자.

이명순   어디로?

김충옥   민족의 배신자. 변절자를 처단해야지.

암전.

6장.

경성, 의열단 은신처.

최태규가 꽁꽁 묶인 채 바닥에 무릎을 꿇고 있다. 옆에 서 있는 충옥, 명순, 화진.

김충옥　왜 그랬어.

최태규　….

김충옥　왜 그랬냐고!

최태규　독립이 되지 않을 거라고 생각했어.

김충옥　그럼 그냥 조용히 창씨개명이나 하고 일본인처럼 살면 되지. 왜 민족을 배반하고 같은 동지를 몰살시키는 일본의 개가 되었느냐 이 말이야!

최태규　미안하다. 충옥아.

김충옥　그 더러운 입으로 내 이름 함부로 부르지 마라.

충옥, 권총을 꺼내어 태규의 머리에 겨눈다. 벌벌 떠는 최태규.

최태규　잠깐만! 제발 목숨만은! 충옥아. 우리 옛정을 생각해서라도….

김충옥　누가 시켰어? 말해.

최태규	….
김충옥	우메다 경부가 시켰나? 네가 정보를 준 우메다 경부 말이야. 대답해!

다시 권총을 겨누자 기겁하며 말하는 최태규.

최태규	우쓰노미야 다로!
김충옥	뭐?
신화진	조선군 사령관 우쓰노미야 다로?
최태규	으응.
이명순	그게 누구죠?
김충옥	사이토 총독에 이어 한반도 권력 서열 두 번째 인물. 대한민국 임시정부는 절대 있어서는 안 된다며 임시정부를 와해시키기 위해 끊임없이 밀정을 투입하는 놈이야. 그놈이 너한테 직접 의열단 밀정을 지시했다고?
최태규	작년에 우리 집으로 경시청에서 보낸 형사가 찾아왔어. 따라오라고. 눈을 가리고 끌고 가더니 그곳에 우쓰노미야 다로가 있더라고. 온갖 회유와 협박을 거듭했어. 우리 가족마저 위협하면서. 그래서 그랬던 거야. 미안해. 정말.
김충옥	끝까지 거짓말이구나.
최태규	뭐?
김충옥	너의 솔직한 자백을 듣고 싶었다. 네가 우리의 정보를 그놈에게 준 것처럼 우리도 너의 정보를 갖고 있었어.

최태규　정보? 무, 무슨…?

김충옥　우린 네가 밀정이란 사실을 알고 난 후, 네가 우쓰노미야 다로의 회유에 의해 밀정이 되었다는 것과 그 대가로 큰 돈과 땅을 받아왔다는 것을 알게 됐지.

최태규　그, 그건….

김충옥　우리도 너처럼 밀정을 심어뒀으니까. 마지막으로 민족을 배반한 반역죄를 진심으로 속죄할 기회를 주고 싶었어. 그런데 넌 끝까지 우릴 속이려 들었다.

신화진　(갑자기 달려들어 태규의 멱살을 잡고) 이 개새끼야. 그깟 돈 몇 푼에 우릴 팔아넘겨? 이 앞잡이 새끼야!

화진, 주먹으로 충옥을 친다. 바닥에 나 뒹구는 태규. 발로 마구 밟기 시작하고 계속 이어서 때리려는데 명순이 말린다.

이명순　그만! 그만 하세요!

신화진　놔! 이런 새끼는 때려죽여야 해!

김충옥　아니, 그럴 필요 없어. 어차피 죽일 건데 뭐 하러 힘을 빼. 결국 의열단의 규칙대로! 조선혁명선언에 따라 매국노를 처단한다.

최태규　충옥아! 잘못했어! 내가 잘못 생각했다. 충옥아! 제발!

기겁하며 사정하는 최태규. 김충옥, 최태규에게 총을 겨누는데.

최태규   밀정이 더 있어! 나 혼자가 아니야!

모두 깜짝 놀라고.

김충옥   무슨 소리지?

최태규   우메다 경부에게 들었어. 나 말고 밀정이 또 있다고!

신화진   지금 우리 셋 중에 앞잡이가 또 있단 말이야? 아니지. 충
옥 동지는 그럴 일 없으니까… 나랑 명순이 둘 중에 한 명
이 앞잡이라고 하는 거네?

이명순   거짓말이에요. 지금 우리를 교란시키려고 발악하는 거예요.

김충옥   그 말을 어떻게 믿지?

최태규   설진 동지가 시체로 발견됐어.

신화진   네가 죽인 거잖아! 이 새끼야!

김충옥   잠깐만! 가만 있어봐. 계속 말해. 만약 헛소리하는 거라면
진짜 가만 안 둔다. 네 사지를 찢어 죽일 거야. 알겠어?

최태규   지, 진짜야. 내가 왜 이제 와서 거짓을 말하겠어? 내가 죽
을 판인데….

김충옥   말해봐.

최태규   설진 동지가 죽었다는 얘길 듣고 우메다 경부에게 내가
따졌어. 그럼 내가 더 의심받을 텐데 왜 그랬냐고.

김충옥   네가 죽인 게 아니라는 거야?

최태규   방금 말했잖아. 뭐 하러 의심받을 짓을 해? 설진 동지는
나와 같은 방향으로 피신했는데 내가 바보가 아니고서야

설진 동지를 죽일 이유가 없잖아.

김충옥 그런데?

최태규 우메다 경부가 그러더라고. 자기들이 죽인 게 아니라고.

김충옥 뭐?

신화진 그럼 누가 죽였다는 거야?

최태규 나도 물었지. 그럼 누가 죽인 거냐고. 우메다 경부가 실실거리며 말하더라고. 왜 밀정이 한 명일 거라고 생각하냐고.

신화진 그래서 그게 누구냐고!

모두 최태규를 주시한다.

최태규 몰라. 내가 아는 건 거기까지야.

신화진, 달려들어 최태규를 때리려고 한다.

신화진 이 새끼가 지금 누굴 놀려?

김충옥 그만! 그만 해! 이렇게 흥분한다고 뭐가 달라져? 제발 가만히 좀 있어!

신화진 우릴 지금 농락하고 있잖아.

최태규 그런 거 아니야. 충옥아, 내가… 내가 알아 올게. 그게 누군지 내가 찾아낼게! 그러니까 나, 이중스파이가 될게. 그러니까 살려줘. 나 이제 네 편이야. 응?

이명순 속으면 안 돼요. 우릴 기만하는 거예요.

신화진   맞아!

최태규   아니야! 충옥아 내말 들어봐. 너 저 두 사람을 믿어?

신화진   진짜 어이가 없네. 하하.

잠시 생각하다 태규 앞으로 가서 눈을 마주하고 말하는 충옥.

김충옥   네 말이 거짓이든 사실이든 넌 무조건 죽어.

최태규   그게… 무슨 말이야? 왜?

김충옥   네 말이 거짓이면 약속대로 사지를 찢어 죽일 것이고 만약 사실이라면 이 두 사람 중에 한 명이 널 죽이겠지. 자신의 정체가 탄로 나기 전에.

최태규   그러니까 네가 날 보호해줘야지! 말했잖아. 이제 난 네편! 네 사람이라고! 내가 알아낼 테니까 함께 색출하자 이 말이야. 응? 충옥아 제발….

탕 소리와 함께 머리를 관통하고 쓰러지는 태규. 명순이 총을 겨누고 있다. 놀라는 화진과 충옥.

김충옥   아니… 왜….

이명순   더 들으면 안 돼요.

김충옥   뭐?

이명순   오라버니, 지금 혼란스러워하고 있잖아요. 오라버니가 그랬잖아요. 확실한 증거 없이 심증만으로 서로 의심하는 거! 그게 바로 분열의 시작이라고.

모두 한동안 말이 없다. 넋이 나간 표정의 충옥. 화진은 명순을 멍하니 바라본다.

이명순　(화진에게) 왜요?

신화진　아, 아냐.

이명순　가요. 피해야 해요.

김충옥　어디로?

이명순　모르겠어요. 어쨌든 경성을 벗어나야 해요.

신화진　내일 서울역 거사는?

이명순　일이 이렇게 틀어진 마당에 서울역 기사를 무슨 수로… 우리 셋이 서울역 거사는 힘들어요. 서울역에 순사들이 벌떼처럼 진을 칠 게 분명해요. 일단 몸을 피하고 후일을 도모하는 게 옳아요.

김충옥　아니야. 김원봉 단장과 김구 선생이 그랬어. 종로 경찰서가 실패하면 서울역 거사를 반드시….

이명순　총알이랑 폭탄도 부족하잖아요! 일단 상해로 돌아가요. 김원봉 단장과 김구 선생께 다시 도움을 청하기로 해요. 나도 함께 갈게요. 네?

김충옥　명순이 너도 함께 간다고?

이명순　우리 셋이 상해로 가요. 지금 이대로 거사는 무리예요.

김충옥　모르겠어. 정말….

이명순	오라버니! 정말 죽고 싶어요? 지금 오라버니는 제정신 아니에요! 계획이 실패로 끝나고 동지들이 죽어 나가면서 판단력이 흐려졌다고요. 내가 하자는 대로 해요. 이러다 정말 우리 다 죽어요. 네?
신화진	믿지 마요.
이명순	뭐라고요?
신화진	밀정이에요. 명순 동지가.
이명순	화진 동지 지금 그게 무슨….
신화진	봐요. 상해로 가자고 하잖아요. 이게 목적이었어. 상해 임시정부로 가서 김원봉 단장과 김구 선생을 만나는 게 목적이었어!

뒷걸음질 치는 충옥.

김충옥	사실이야? 명순아… 맞아?
이명순	아니에요.
신화진	맞아. 그런 거였어. 태규 형님 말이 맞았어! 난 밀정이 확실히 아니니까! 저년이 밀정이었던 거야!
이명순	그만.
신화진	무서운 년. 진짜 무서운 년은 저년이었어! 우리 엄마 말이 맞았어. 여자는 믿으면 안 된다고 그랬는데 제기랄!
이명순	그만 하세요. 제발.
신화진	충옥 동지! 절대로 상해로 가면 안 돼요! 그럼 일본 놈들

에게 상해 임시정부 위치를 알려주는 꼴이 되는 거예요!
아니지. 저년이 김원봉 단장과 김구 선생을 암살할지도
몰라… 그러니까 절대로….

탕! 명순이 화진도 쐈다. 그대로 쓰러져 죽는 화진.

이명순　　그만 하라니까. 진짜 왜 말을 안 들어.

놀란 표정의 충옥.

김충옥　　명, 명순아….
이명순　　오라버니.

충옥, 다급히 품에서 총을 빼려고 하는 순간 명순이 충옥의 다리
를 쏜다. 비명과 함께 자리에 쓰러지는 충옥. 명순, 충옥의 손에서
총을 뺏어 들고 계속 충옥에게 총을 겨눈 채 말한다.

이명순　　그래요. 저예요. 내가 밀정이에요.
김충옥　　네가 어떻게 나한테… 난 널….
이명순　　뭐? 뒤꽁무니 쫓아다니던 내가 어떻게 이럴 수 있냐고?
　　　　　　언제 적 얘기를. 그러기엔 세월이 많이 지났잖아요. 오라
　　　　　　버니가 상해로 건너간 이후에 나도 많은 일이 있었어요.
　　　　　　먹고 살아야 하니까 일본 놈들 식모살이도 하고 허드렛일

도 하고 그러다 일본 장교 집에 얹혀살면서 일본말도 배우고… 오라버니가 경성에 돌아왔단 소식 듣고 보고 싶어서 이렇게… 됐어요. 긴 얘기 청승맞기만 하지 뭐. 사실, 더 큰 계획이 있었는데… (화진을 가리키며) 저 새끼의 말대로. 나 많이 변했죠? 그래요. 세상이 날 변하게 했어요. 조국? 내 나라? 다 무슨 소용이죠? 나라를 빼앗겼듯이 내 가족, 내 몸 하나도 지키지 못했는데. 조선 남정네들이 날 겁탈할 때 도와준 게 일본 장교였어요. 그럼 난 누구를 위해 살아야 할까요? 그때 오빠는 어디에 있었죠? 미안해요. 그냥 다 미안해요. 내 잘못이죠. 힘없는 조국에 힘없는 여자로 태어난 잘못. 그냥 이렇게 우리 헤어지는 걸로 해요.

다리에서 솟는 피를 한 손으로 부여잡고 헐떡거리며 말하는 충옥.

김충옥 경식… 경식….

이명순 네? 아, 경식 오라버니요? 이미 지금쯤 어딘가에 죽어서 버려졌을 걸요? 제가 우메다 경부에게 말했거든요. 밀정이라고. 그만 가세요.

충옥에게 총을 겨누는 명순. 그때 피투성이가 된 모습으로 문을 박차며 뛰어 들어오는 경식. 곧바로 명순에게 총을 난사한다. 탕! 탕! 탕! 탕! 탕!

쓰러지는 명순. 그 자리에서 죽는다.

박경식 충옥아!

경식, 충옥을 일으켜 세운다.

박경식 괜찮아? 다행이다. 조금만 늦었다면….
김충옥 경식아….
박경식 됐어. 말하지 마. 나도 놀랐어. 이럴 시간 없어. 빨리 도망가야 해. 이제 앞잡이 짓도 안녕이다. 자, 가자!

경식, 충옥을 부축하며 퇴장한다. 화진과 명순, 태규의 시체만이 남는다.
암전.

어둠. 적막 속에서 떠오르는 자막.

"KBS 탐사보도부는 2019년 취재를 통해 그동안 밝혀지지 않은 밀정 895명의 명단을 공개했다. 그중에 상당수의 인원이 독립유공자 서훈을 받고 여전히 현충원에 안치되어 있다. 국가보훈처는 진실을 규명하고 신분 세탁을 한 밀정들을 철저히 재조사할 것을 촉구하며 밀정 895명의 명단을 공개한다."

밀정 895명의 명단이 자막으로 공개된다.

강경팔	강금철	강동락	강락원	강문백	강문형	강병철
강봉현	강석호	강선장	강영화	강용만	강준수	강진한
강창호	강택규	강필경	강한말	강한수	강해범	계덕필
계승호	고병걸	고병택	고성오	고성환	고성환	고운학
고진화	곽봉산	권봉수	기병연	김갑병	김강림	김경렬
김경률	김경선	김경선	김경연	김경준	김경호	김경희
김공엽	김관일	김 광	김광련	김광준	김광추	김교익
김규동	김극전	김기양	김기욱	김기조	김기준	김기충
김기형	김기홍	김길준	김길춘	김남길	김내범	김달문
김달준	김달하	김대원	김대형	김덕기	김덕삼	김덕삼
김덕형	김도순	김도영	김동대	김동열	김동주	김동한
김동환	김동훈	김동훈	김두천	김래봉	김리구	김만수
김병균	김명렬	김명복	김명인	김명진	김명집	김명춘
김문근	김문협	김문호	김민구	김민용	김방혁	김병건
김병규	김병수	김병수	김병옥	김병우	김병헌	김병호
김병희	김보현	김 복	김봉국	김봉래	김봉선	김봉섭
김봉수	김봉순	김봉재	김봉호	김봉팔	김사훈	김상률
김상범	김상섭	김상필	김상필	김상현	김생려	김서방
김석룡	김석충	김석필	김석홍	김선옥	김성곤	김성룡
김성린	김성민	김성오	김성국	김성준	김성천	김성철
김성하	김성학	김새윤	김세진	김소달	김송열	김수근

김순열　김　승　김승로　김승환　김시준　김시철　김양천

김연욱　김연정　김연하　김　열　김영건　김영길　김영배

김영복　김영수　김영식　김영주　김영천　김영철　김영춘

김영호　김옥만　김완태　김용국　김용규　김용문　김용범

김용봉　김용식　김용식　김용욱　김용하　김우건　김우조

김우택　김우현　김운보　김웅이　김원순　김원철　김유복

김유영　김윤규　김윤신　김윤옥　김윤집　김윤택　김응룡

김응문　김응실　김이수　김이원　김이출　김　익　김인만

김인순　김인승　김인희　김일룡　김장현　김장희　김재룡

김재범　김재수　김재영　김재원　김재윤　김재현　김재홍

김재희　김　장　김정국　김정규　김정률　김정엽　김정우

김정태　김정태　김정한　김정희　김재형　김종락　김종린

김종성　김종원　김종원　김종하　김종현　김주식　김주홍

김준근　김준명　김준현　김중익　김중화　김지섭　김창범

김창성　김창욱　김창원　김창주　김창화　김창화　김천룡

김　철　김청현　김춘수　김충록　김취일　김치극　김치만

김치범　김태식　김태선　김태주　김택룡　김　파　김　평

김하구　김하근　김하석　김하성　김하정　김하청　김학권

김학로　김학룡　김학린　김학문　김한표　김행규　김형식

김형태　김　호　김화룡　김황상　김흥국　김흥수　김희열

김희영　남규강　남복명　남상률　남승범　남희철　노중산

도용해　도　현　동심포　라청송　마문박　모정풍　문종수

민영현　민원식　민하연　민학식　박감상　박견한　박경명

박경성	박경준	박경악	박광서	박규명	박균섭	박기선
박노천	박덕린	박덕순	박동규	박동근	박두남	박득범
박락현	박래천	박로환	박병국	박병봉	박병일	박봉순
박상갑	박상과	방상관	박상진	박석윤	박성민	박순보
박순일	박순필	박승벽	박승선	박승필	박승호	박영걸
박영진	박완구	박용묵	박용철	박용환	박운경	박원식
박원효	박유병	박윤권	박은양	박응칠	박의병	박이규
박인순	박장훈	박정삼	박장선	박제간	박제건	박제경
박제현	박준근	박진조	박창근	박창림	박창해	박춘갑
박춘삼	박치겸	박치경	박태옥	박학만	박한경	박화계
박화상	박환일	박황희	박흥건	방두성	방리환	방만영
방수현	방진교	방 훈	배상렬	배영준	백규삼	백락삼
백원장	백진언	변병규	변영서	부영청	사장원	사태현
서상구	서상룡	서상용	서석초	서영선	서영춘	서영희
서완산	서 초	서춘당	서춘종	석성환	석현구	신우갑
성기일	성문석	손서현	손승국	손지환	손창식	송관홍
송기손	송기옥	송기종	송기환	송도여	송도흥	송두후
송병두	송병원	송세호	송의봉	송재선	송재득	송주경
송현절	선경운	선병균	선석방	선선학	신용현	신종석
신좌균	신창희	신충렬	신태현	신태현	심병남	심신연
안갑용	안경동	안기백	안동섭	안석기	안용순	안용정
안태훈	안필현	안형섭	안훈철	양기현	양덕산	양동현
양량옥	양복동	양복리	양석환	양영희	양진걸	양진청

양춘재　엄계력　엄금석　엄기동　엄노섭　엄대호　엄득일

엄석인　엄새화　엄을룡　엄인섭　여경휘　여윤범　임면홍

임익지　오덕수　오덕윤　오성룡　오성륜　오약진　오인근

오인묵　오정순　오종원　오창걸　오치춘　오현주　왕현정

왕홍삼　우덕순　우상기　우치삼　원경상　원근명　원용건

원용덕　원용익　원정환　원종명　원충희　원치상　원한준

원혜봉　유광순　유길선　유두익　유민삼　유석현　유익겸

유인발　유중희　유찬빈　유창범　유촌규　유학로　육사태

윤달수　윤대영　윤병하　윤봉섭　윤산천　윤상필　윤성새

윤영복　윤일병　윤자록　윤자명　윤자성　윤창연　윤충렬

윤치은　이갑녕　이갑장　이경란　이경세　이경재　이경재

이계용　이근선　이근식　이근영　이금석　이기수　이기용

이기태　이길봉　이길선　이달순　이덕선　이덕준　이동반

이동상　이동필　이동하　이동화　이두명　이만기　이명춘

이명환　이문규　이문용　이문의　이문호　이민호　이배성

이범락　이병문　이봉권　이봉남　이봉운　이상현　이선현

이성구　이성화　이세현　이수봉　이시일　이식영　이영근

이영길　이영선　이영수　이영순　이영일　이영학　이오익

이완구　이완룡　이용국　이용로　이용향　이우민　이　욱

이웅이　이원호　이윤길　이윤섭　이은준　이은학　이인섭

이인수　이일봉　이자식　이재익　이재춘　이　정　이정갑

이정식　이정원　이종규　이종길　이종락　이종익　이종태

이종학　이종홍　이죽파　이준성　이준열　이종옥　이지춘

이지하 이진옥 이창민 이창엽 이창운 이창화 이천신
이철학 이청산 이 춘 이춘근 이충근 이치문 이칠성
이태서 이태준 이판안 이필순 이필옹 이하수 이학춘
이현우 이호준 이희간 이희형 임경섭 임경희 임 곡
임광석 임규상 임동규 임서약 임서학 임영준 임우종
임채춘 임창일 임향림 장갈성 장경화 장기환 장남해
장달화 장두성 장문재 장문화 장순봉 장우형 장윤경
장제선 장지량 장학수 장학철 전극일 전상룡 전영우
전영표 전 일 전재덕 전진국 전창식 전태선 전학철
전화현 정경찬 정광해 정국동 정기영 정기해 정길중
정남섭 정노해 정라술 정만길 정병칠 정운복 정을선
정인옥 정인혁 정재봉 정재황 정진경 정진영 정창식
정춘환 장태옥 정태철 정해봉 정현철 정희천 조기연
조만기 조만춘 조명선 조인응 조운서 조을선 조종훈
조효중 종일현 주권덕 주 림 주시덕 주인돈 주인동
주인찬 주형산 주 화 지상종 지성삼 지외룡 지장손
지하연 지하영 진영팔 진종환 진진옥 차거화 차익준
차창권 차청룡 채규오 채병묵 천재춘 최강철 최경선
최고현 최관정 최규진 최기남 최기형 최길상 최대관
최덕해 최동륜 최두남 최마눙 최명덕 최명준 최미길
최배천 최병규 최봉욱 최상설 최상진 최석근 최석환
최선경 최재규 최송길 최수길 최순열 최영길 최영찬
최영태 최영혁 최용근 최우천 최운칠 최 웅 최웅남

최원탁　최　윤　최윤주　최의풍　최인길　최일능　최임원

최재홍　최정규　최정옥　최정익　최정일　최준태　최진남

최찬근　최창극　최창락　최창순　최창옥　최창주　최창준

최창협　최철롱　최철학　최치도　최치봉　최태욱　최　현

최현삼　최형근　최호봉　최홍빈　태봉열　태영수　하친청

하학수　한경원　한규영　한기동　한동기　한명균　한　무

한민재　한민현　한백순　한병규　한병호　한여신　한영섭

한용락　한용래　한우권　한응보　한일룡　한정일　한　찬

한창원　한중손　한태권　한태길　한태섭　한풍만　한한영

한형기　한　흥　허광윤　허기락　허기열　허기훈　허동수

허영수　허용환　허　익　허　일　허일권　허장룡　허진성

허　호　허　활　허흥준　현규봉　현시달　현용지　홍병수

홍상린　홍석호　홍성우　홍세현　홍순철　홍승훈　홍융명

홍종구　홍창범　환운흥　황도현　황동식　황룡수　황성학

황치부　황학선　황호현　황희근　황희수

막.

한국 희곡 명작선 123

밀정 리스트

초판 1쇄 인쇄일   2022년 11월 1일
초판 1쇄 발행일   2022년 11월 7일

지 은 이   정범철
만 든 이   이정옥
만 든 곳   평민사
          서울시 은평구 수색로 340 〈202호〉
          전화 : 02) 375-8571 / 팩스 : 02) 375-8573
          http://blog.naver.com/pyung1976
          이메일   pyung1976@naver.com
등록번호   25100-2015-000102호
ISBN   978-89-7115-064-1 04800
          978-89-7115-663-6   (set)
정   가   8,000원

이 책은 사단법인 한국극작가협회가 한국문화예술위원회의 2022년 제5회 극작엑스포
지원금을 받아 출간하였습니다.